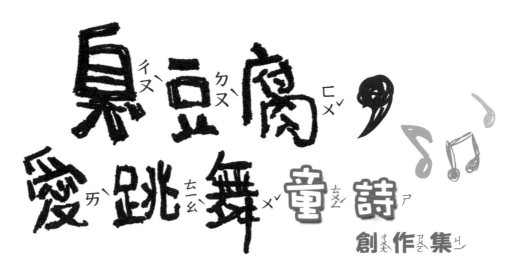

臭豆腐愛跳舞童詩創作集

康逸藍　｜　著

目ㄇㄨˋ次ㄘˋ

臭ㄔㄡˋ豆ㄉㄡˋ腐ㄈㄨˇ，愛ㄞˋ跳ㄊㄧㄠˋ舞ㄨˇ　006

討ㄊㄠˇ厭ㄧㄢˋ的蚊ㄨㄣˊ子　012

小ㄒㄧㄠˇ花ㄏㄨㄚ貓ㄇㄠ　016

我ㄨㄛˇ家ㄐㄧㄚ的貓ㄇㄠ　020

皮ㄆㄧˊ皮ㄆㄧˊ貓ㄇㄠ　022

白ㄅㄞˊ雲ㄩㄣˊ，別ㄅㄧㄝˊ跑ㄆㄠˇ太ㄊㄞˋ快ㄎㄨㄞˋ呀ㄧㄚ　024

背影ㄧㄥˇ 028

剛ㄍㄤ剛ㄍㄤ轉ㄓㄨㄢˇ學ㄒㄩㄝˊ來ㄌㄞˊ 032

我ㄨㄛˇ的ㄉㄜ夢ㄇㄥˋ有ㄧㄡˇ翅ㄔ膀ㄅㄤˇ 036

夢ㄇㄥˋ在ㄗㄞˋ和ㄏㄢˊ我ㄨㄛˇ躲ㄉㄨㄛˇ貓ㄇㄠ貓ㄇㄠ 040

一ㄧ曲ㄑㄩˇ歌ㄍㄜ王ㄨㄤˊ──小ㄒㄧㄠˇ青ㄑㄧㄥ蛙ㄨㄚ 044

長ㄔㄤˊ頸ㄐㄧㄥˇ鹿ㄌㄨˋ 050

郵筒　　054

旅行回來　　058

有一份好心情　　062

【玩一首詩·編後語】　　066

作者簡介　　068

臭豆腐，愛跳舞

臭豆腐
愛跳舞
油鍋當舞台
大跳霹靂舞

ㄆㄧㄅㄧㄆㄚㄅㄚ跳
ㄆㄧㄅㄧㄆㄚㄅㄚ跳
跳啊跳
跳啊跳

跳（ㄊㄧㄠˋ）

跳（ㄊㄧㄠˋ）

跳（ㄊㄧㄠˋ）　　　　　跳（ㄊㄧㄠˋ）

跳（ㄊㄧㄠˋ）出（ㄔㄨ）一（ㄧˋ）身（ㄕㄣ）
香（ㄒㄧㄤ）香（ㄒㄧㄤ）的（ㄉㄜ˙）
臭（ㄔㄡˋ）汗（ㄏㄢˋ）味（ㄨㄟˋ）

【我為什麼要寫這一首詩】

　　臭豆腐是台灣有名的小吃，尤其在冬天的夜晚，聽到巷子裡傳來「臭──豆腐」，老闆把「臭」字拉得長長的，更讓人口水直流，趕快追出去，買一盤香噴噴的臭豆腐。一家人唏哩嘩嚕，三兩下就吃個精光，還齒頰留香呢！

附詩

猜謎語

有種小吃
鼻子說它臭
嘴巴說它香
配上泡菜更夠味
請你過來猜一猜

猜一猜啊！ 猜一猜
猜到了
請你吃一盤

【延伸】舞曲的形式

　　現在流行嘻哈舞，我將詩的內容加以擴充，改編成「饒舌」的形式，配合身體的舞動，或以嘻哈舞的音樂為背景，把它表現出來。

嘻哈版臭豆腐

yo～ ～ yo～ ～
臭豆腐他愛跳舞 油鍋當舞台大跳嘻哈舞
臭豆腐他愛跳舞 油鍋當舞台大跳嘻哈舞

哼哼哈哈
來一盤臭豆腐 清燉紅燒油炸碳烤都可以
又香又臭又辣又脆 加盤泡菜味道更正點

七七刹刹
ㄆㄧㄅㄧㄆㄚㄅㄚ 跳
ㄆㄧㄅㄧㄆㄚㄅㄚ 跳
ㄆㄧㄅㄧㄆㄚㄅㄚ 跳
ㄆㄧㄅㄧㄆㄚㄅㄚ 跳

耶～ ～ ～ 耶～ ～ ～
跳啊跳 跳跳跳
跳啊跳 跳跳跳
跳出一身香香的臭 ── 汗 ── 味

討厭的蚊子

討厭的蚊子
你比我妹妹還像
跟屁蟲
我走到哪裡
你就跟到哪裡

討厭的蚊子
你比我弟弟還像
搗蛋鬼
我走到哪裡

你就吵到哪裡

討厭的蚊子
我從廚房逃到
客廳
又從客廳逃到
臥房
再從臥房逃到
浴室
你都不放過我

討厭的蚊子
難道你要逼我
離家出走

【滅蚊招式大公開】 —— 蚊子搖頭派對

　　有時候，蚊子很白目，你越討厭牠，牠越纏著你，雖然是一隻蚊子，卻弄得你心神不寧，無法專心做一件事。開個蚊子派對，放牠們不能抗拒的音樂，讓牠們跳到暈頭轉向，跳到累死為止。

小花貓

小花貓
打哈欠
伸懶腰
睡著了

做個夢
夢什麼
小老鼠
眼前過

小花貓
張五爪
抓抓抓
抓不到

小花貓
鬍子翹
尾巴搖
真懊惱

小花貓
醒過來
到處找
找不到

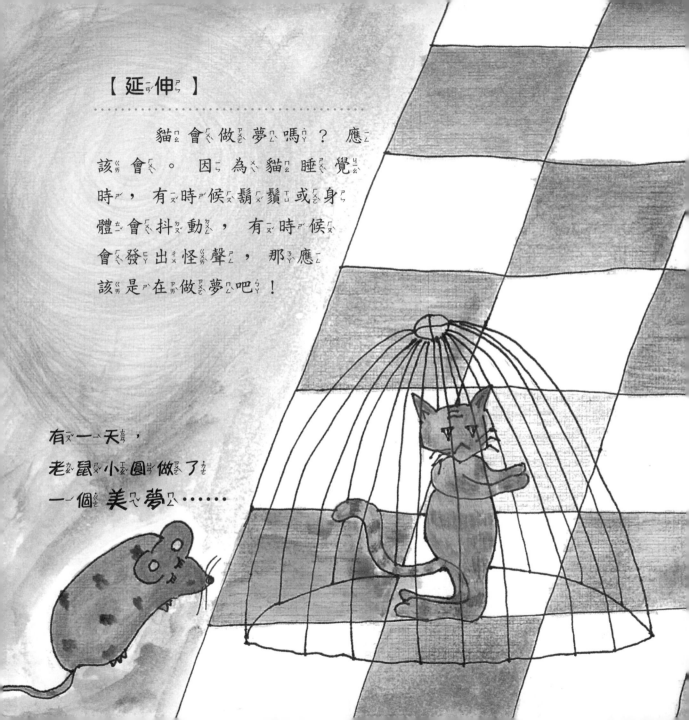

【延伸】

　　貓會做夢嗎？應該會。因為貓睡覺時，有時候鬍鬚或身體會抖動，有時候會發出怪聲，那應該是在做夢吧！

有一天，
老鼠小圓做了
一個美夢⋯⋯

我家的貓

睡覺時
牠悄悄窩在我的
肚皮上
當我醒來
牠打個哈欠　和我
大眼瞪小眼

看電視時
牠爬到我的
大腿上

ㄎㄚ ㄔ ㄎㄚ ㄔ
搶我的零食吃

寫功課時
牠趴在我的
作業簿上
對我微微笑
趕也趕不走

拖地時
牠像個
花式溜冰
選手
滿場飛騰
一不小心
跌個
四腳朝天

【延伸】

貓咪有好奇心,
花招特別多,
且看——

皮皮貓

是誰的魔爪
把壁紙剝了皮
又抓得沙發椅
長滿雞皮疙瘩

是誰的魔牙
咬斷了美麗的新娘草
又啃壞我心愛的布娃娃

真該打打牠
這頑皮的小花貓

【延伸】

‧‧‧

別被貓那文靜的
外表給騙了

可是啊
牠在哪裡呀

牠正窩在窗台上
身上映著陽光
好像小天使

牠那輕輕的打呼聲
好像在邀請我
走進牠又香又甜的
夢鄉

● 白雲，別跑太快呀

白雲白雲
別跑太快呀
經過山頭的時候
停下來看看風景

白雲白雲
別跑太快呀
經過湖泊的時候
停下來照照鏡子

白雲白雲
別跑太快呀
經過一○一大樓的時候
停下來逛逛商店

白雲白雲
別跑太快呀
我在窗口望著你
停下來跟我說哈囉

白雲白雲
你為什麼還是跑那麼快呀
是不是趕著去約會
真想騎著老鷹跟蹤你
看你跟誰約會去

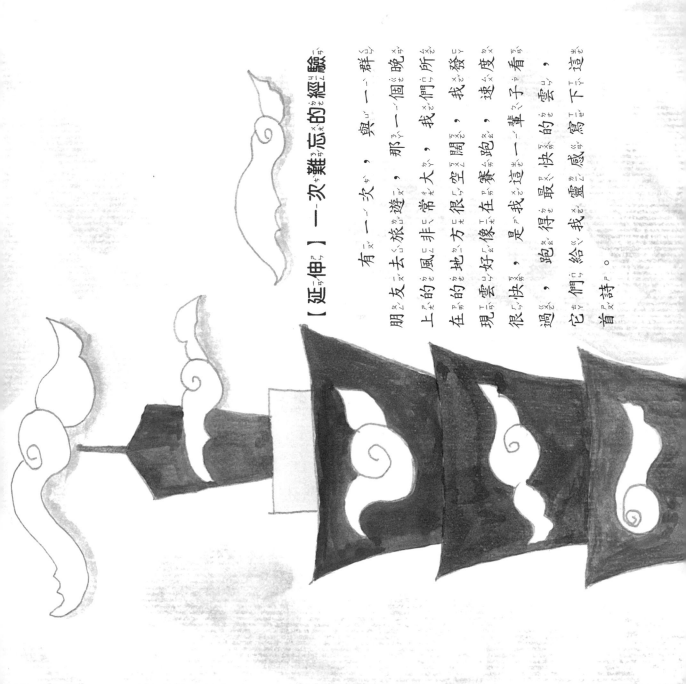

【延伸】一次難忘的經驗

有一次，與一群
朋友去旅遊，那一個晚
上的風非常大，我們所
在的地方很空闊，發
現的雲好像在賽跑，
很快。跑得最快的雲，
過，是我這一輩子看
它們的速度，寫下這
首詩。給我心靈的感，

● 背影

好朋友要轉學了
我們的淚水
都在眼眶裡打轉

他依依不捨
轉身離去
越走越遠的
背影，好像一個
螢幕

螢幕上不斷放映
我們在一起的時光
一幕又一幕

運動場上的龍爭虎鬥
教室裡大夥圍坐吃飯
吵架時扭打成一團
遠足時車上的歌唱擂台

好多好多回憶
一幕又一幕
在他越走越遠的
背影上
放映

我將永遠記得
這樣一個
像螢幕的
背影

你最難忘的是誰的背影？

【延伸】

分離是痛苦的，但也是不得已的，只有將共有的時光牢牢記住……

● 剛剛轉學來

剛剛轉學來
沒人認識我
沒人了解我

語文競賽中
　注音沒有我
　　演講沒有我
　　　作文沒有我

有誰知道我
注音無敵手
演講頂呱呱
作文也不差

希望有一天
同學認識我
老師了解我

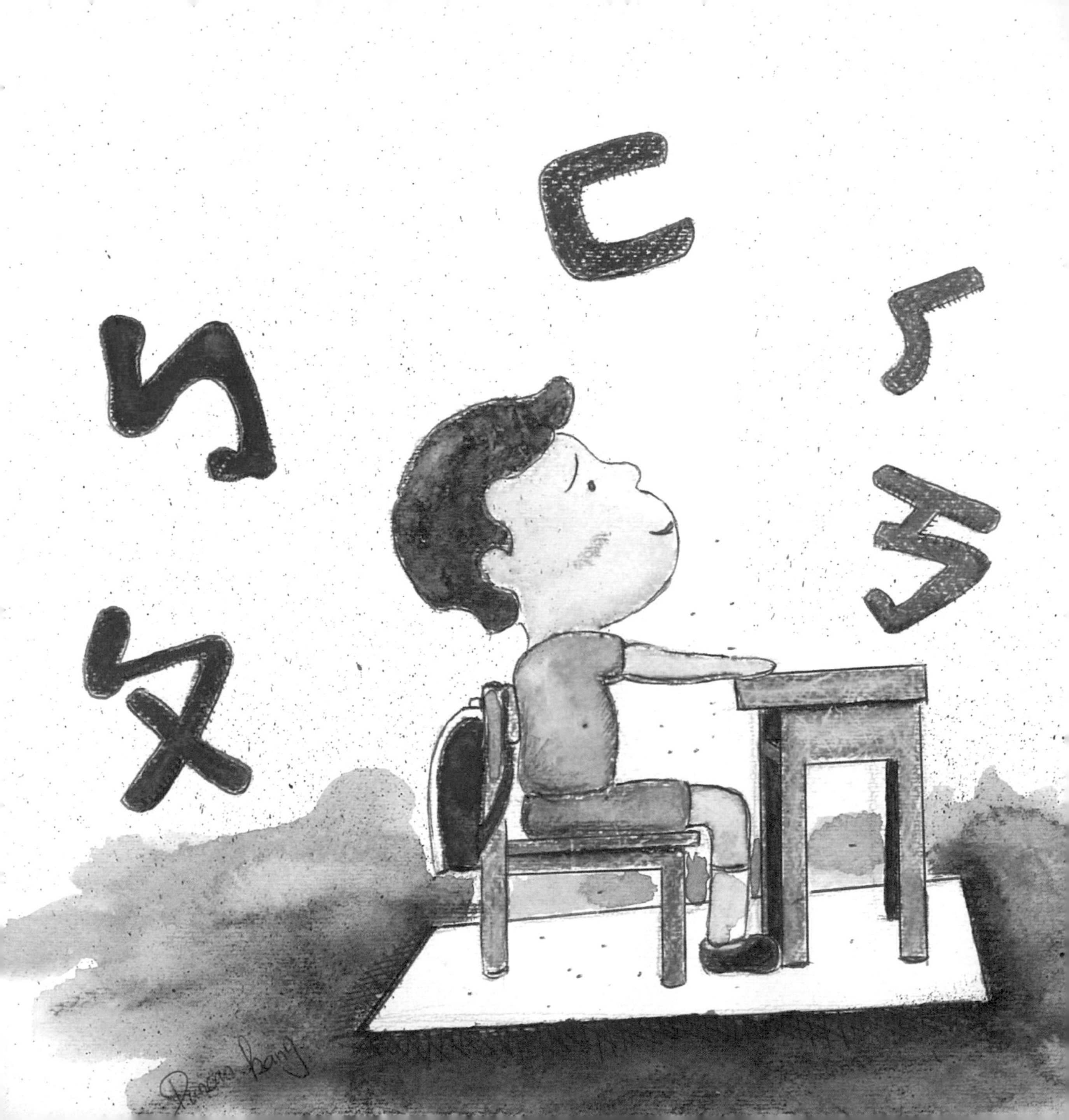
ㄈ
ㄆ

【延伸】

　　這一首採用階梯式的圖像方式來表現，第二段表現出剛轉學的人，到新的環境沒人了解，有什麼比賽都沒他的份，他的心情一次比一次難過，所以退縮進去。第三段他抱著樂觀的態度，相信終有一天能夠有發揮的機會，所以排列的方式一句比一句突出。

🌑 我的夢有翅膀

我的夢有翅膀
讓我飛呀飛呀
飛到外婆家

外婆陪我坐在大樹下
看汪汪叫的狗
追呱呱叫的鴨

還有表哥表姊
陪我玩辦家家

好想好想
偷偷的
藏起夢的翅膀
永遠留在
外婆家

我的夢有翅膀，
我喜歡的東西也
有翅膀，這樣
我們可以一起
飛翔！

夢在和我躲貓貓

每當我醒來
夢就不見了

我問媽媽
妳把我的夢藏在哪裡？
媽媽說
天亮了
夢要回家找媽媽

我又問
夢的家在哪裡？
媽媽指一指天空
我抬頭望一望
望不到夢的家

我猜
夢沒有回家
夢在和我躲貓貓

夢ㄇㄥˋ啊˙！你ㄋㄧˇ是ㄕˋ不ㄅㄨˋ是ㄕˋ躲ㄉㄨㄛˇ在ㄗㄞˋ山ㄕㄢ上ㄕㄤˋ那ㄋㄚˋ間ㄐㄧㄢ小ㄒㄧㄠˇ屋ㄨ裡ㄌㄧˇ？

一曲歌王 —— 小青蛙

小青蛙
愛唱歌
歡迎大家來點歌

蝦子點首朋友歌
小青蛙
張開大嘴唱
呱呱呱

螃蟹點首戀愛歌
小青蛙
張開大嘴唱
呱呱呱

魚兒點首生日快樂歌
小青蛙
還是張開大嘴唱
呱呱呱

原來他是
一曲歌王
小—— 青—— 蛙——
只會呱呱呱

【延伸】—— 演個簡單的舞台劇

〈一曲歌王 —— 小青蛙〉劇場版

角色：小青蛙、蝦子、螃蟹、魚兒、觀眾
（由五個人左右扮演）（小青蛙站
在舞台中央，雙手交握在腹部，一
副準備大展歌喉的樣子）

※ 主旨：讓小朋友角色扮演，
以增加學習效果。此
為示範之一種形式，
亦可由小朋友分組進
行改編。

來來來，
來點歌。

我ㄨˇ來ㄌㄞˊ點ㄉㄧㄢˇ首ㄕㄡˇ朋ㄆㄥˊ友ㄧㄡˇ歌ㄍㄜ。

觀ㄍㄨㄢ　眾ㄓㄨㄥˋ：　小ㄒㄧㄠˇ青ㄑㄧㄥ蛙ㄨㄚ，　愛ㄞˋ唱ㄔㄤˋ歌ㄍㄜ，　歡ㄏㄨㄢ迎ㄧㄥˊ大ㄉㄚˋ家ㄐㄧㄚ來ㄌㄞˊ點ㄉㄧㄢˇ歌ㄍㄜ。

小ㄒㄧㄠˇ青ㄑㄧㄥ蛙ㄨㄚ：　來ㄌㄞˊ來ㄌㄞˊ來ㄌㄞˊ，　來ㄌㄞˊ點ㄉㄧㄢˇ歌ㄍㄜ。　（雙ㄕㄨㄤ手ㄕㄡˇ往ㄨㄤˇ外ㄨㄞˋ攤ㄊㄢ開ㄎㄞ）

蝦ㄒㄧㄚ　子ㄗ：　我ㄨˇ來ㄌㄞˊ點ㄉㄧㄢˇ首ㄕㄡˇ朋ㄆㄥˊ友ㄧㄡˇ歌ㄍㄜ。

觀ㄍㄨㄢ　眾ㄓㄨㄥˋ：　小ㄒㄧㄠˇ青ㄑㄧㄥ蛙ㄨㄚ，　張ㄓㄤ開ㄎㄞ大ㄉㄚˋ嘴ㄗㄨㄟˇ唱ㄔㄤˋ。

小ㄒㄧㄠˇ青ㄑㄧㄥ蛙ㄨㄚ：　呱ㄍㄨㄚ呱ㄍㄨㄚ呱ㄍㄨㄚ，　呱ㄍㄨㄚ呱ㄍㄨㄚ呱ㄍㄨㄚ，　呱ㄍㄨㄚ呱ㄍㄨㄚ呱ㄍㄨㄚ呱ㄍㄨㄚ呱ㄍㄨㄚ。

（雙ㄕㄨㄤ手ㄕㄡˇ交ㄐㄧㄠ握ㄨㄛˋ在ㄗㄞˋ腹ㄈㄨˋ部ㄅㄨˋ）

觀　　眾：小青蛙，愛唱歌，歡迎大家來點歌。
小青蛙：來來來，來點歌。（雙手往外攤開）
螃　　蟹：我來點首戀愛歌。
觀　　眾：小青蛙，張開大嘴唱。
小青蛙：呱呱呱，呱呱呱，呱呱呱呱呱。
　　　　　（雙手交握在腹部）

觀　　眾：小青蛙，愛唱歌，歡迎
　　　　　大家來點歌。
小青蛙：來來來，來點歌。
　　　　　（雙手往外攤開）

魚　　兒：我來點首生日快樂歌。
觀　　眾：小青蛙，張開大嘴唱。
小青蛙：呱呱呱，呱呱呱，呱呱呱呱呱。
　　　　（雙手交握在腹部）

蝦子、螃蟹、魚兒：
啊——
原來他是一曲歌王小青蛙，
只會呱呱呱，呱呱呱，呱呱呱呱呱。
（小青蛙雙手交握在腹部，仍是
一副陶醉的樣子）

我來點首
生日快樂歌。

長頸鹿

長頸鹿
脖子長又長
能不能到天上

到天上
拿彩虹當項鍊
剪雲霞做衣裳

大清早
敲敲太陽公公的門

叫太陽公公
快起床快起床

黃昏後
叩叩月亮姊姊的窗
叫月亮姊姊
放光芒放光芒

長頸鹿
脖子長又長
能不能到天上
讓我爬上去
和星星捉迷藏

【延伸】

　　有時候，長頸鹿也可以低下頭，陪小蝸牛看星星和月亮。

　　長頸鹿，你看到的星星有沒有比較大？

我低下頭來陪你看就知道了。

我不知道，

郵筒

綠筒先生和紅筒小姐
是一對好情侶
白天　　它們一起做日光浴
晚上　　它們一起聽星星月亮
說故事

有時候
它們用風梳頭
　　　　用雨洗臉

雲兒問它們：
郵筒啊郵筒
為什麼不跟我們去環遊世界？

它們回答雲兒：
雲兒呀雲兒
我們的肚子裡
總是裝著世界各地的故事
讀也讀不完

以一前氣，我們可以一直接從
郵差手上接到信件，和
郵差都像朋友，常常會
寒暄幾句。當然，從郵
差手中接到遠方來的情
書是最快樂的事！

旅行回來

到很遠很遠的地方
旅行
看飽了異鄉的風景

從很遠很遠的異鄉
回來
聞到熟悉的空氣
看到親切的家園

狗狗對我搖尾巴
好像要告訴我
牠有多想我

啊～ ～ ～
旅行的感覺很好
回家的感覺更好

【延伸】

旅遊地點圖錄

拉ㄌㄚ 著ㄓㄜ 我ㄨㄛˇ的ㄉㄜ 家ㄐㄧㄚ 當ㄉㄤ，
我ㄨㄛˇ要ㄧㄠˋ繞ㄖㄠˋ著ㄓㄜ 地ㄉㄧˋ球ㄑㄧㄡˊ
轉ㄓㄨㄢˇ一ㄧˋ圈ㄑㄩㄢ 了ㄌㄜ

有一份好心情

有一份好心情
想和好朋友分享
急忙打電話
鈴～ 鈴～ 鈴～
好朋友不在家

拿出漂亮的信紙
把我的好心情
慢慢的
寫一寫
畫一畫

再把這份好心情
摺起來
放進信封裡

明天到學校
偷偷放進
好朋友的抽屜裡
希望他慢慢讀
讀我的那一份
好心情

我夢想蓋一間像帽子的石頭屋，
邀請好朋友來分享好心情。

玩一首詩

編後語

　　「如何寫好一首童詩？」是許多小朋友和童詩教學者都想要知道的，但是每當寫童詩時，卻又不知從哪裡寫起。也許應該先學會「閱讀詩」開始，不論新詩、古詩、本國詩、外國詩，也不管是兒童詩還是成人詩，仔細閱讀再進階為賞析，讀得多、想得多，要寫詩就不是難事了。

　　林煥彰先生策畫編寫的這一套「玩詩系列」叢書的動機，就是希望一首詩，除了閱讀之外，還可以延伸出一些好玩的活動，讓小朋友在親近詩的同時，也能發揮想像力，和作者天馬行空一起去玩詩，甚至自己動手

動腦玩玩詩、 寫寫詩， 在詩的國度探索新領域， 建造自己美麗的新世界。

　　系列的每一本書選一首詩為重點， 作者對這首詩會有較多面向的玩法， 包括寫詩的動機、 相關題材的衍生等等。 其餘選錄的詩， 則做各種嘗試， 啟發讀者勇於嘗試寫詩的創意精神。

　　每一本都是非常富有「 自由創作精神」的童詩集， 我們除了童詩本文外， 盡量多用圖片表現， 減少文字的敘述。 詩原本就具有較多的想像空間， 讓讀詩、 寫詩、 玩詩都充滿自由活潑的氣息。

作者簡介

康逸藍，筆名康康、藍棠等，出生於淡水小鎮。師大國文系畢業，在淡水國中任教數年。接著進淡大中研所就讀，畢業後歷任東華書局、國語日報出版部編輯，作文班老師；舊金山培德高中、曼谷朱拉大學中文教師、淡水天生國小駐校作家，現專事寫作。

特別喜歡為小朋友寫故事，已經出版十本童話故事集，一本童詩集，此外還出版新詩、散文、小說等。

個人網站：《康康文字花園》（ http:/kanggarden.myweb.hinet.net ）

部落格：康小詩的貓窩 (http://tw.myblog.yahoo.com/yilanzozo/)

童盟國03　PG0483

新 銳 文 創
INDEPEDENT & UNIQUE

臭豆腐，愛跳舞
——童詩創作集

作　　者	康逸藍
責任編輯	林千惠
圖文排版	賴英珍、蔡瑋中
封面設計	陳佩蓉
插　　畫	康逸藍、康郁澤、謝迺岱、謝家柔

出版策劃	新銳文創
製作發行	秀威資訊科技股份有限公司
	114 台北市內湖區瑞光路76巷65號1樓
	電話：+886-2-2796-3638　傳真：+886-2-2796-1377
	服務信箱：service@showwe.com.tw
	http://www.showwe.com.tw
郵政劃撥	19563868　戶名：秀威資訊科技股份有限公司
展售門市	國家書店【松江門市】
	104 台北市中山區松江路209號1樓
	電話：+886-2-2518-0207　傳真：+886-2-2518-0778
網路訂購	秀威網路書店：http://www.bodbooks.com.tw
	國家網路書店：http://www.govbooks.com.tw
法律顧問	毛國樑　律師
圖書經銷	貿騰發賣股份有限公司
	235 新北市中和區中正路880號14樓
	電話：+886-2-8227-5988　傳真：+886-2-8227-5989

出版日期	2011年6月　一版
定　　價	360元

Printed in Taiwan

國家圖書館出版品預行編目

臭豆腐，愛跳舞：童詩創作集 / 康逸藍作. -- 一
版. -- 臺北市：新銳文創, 2011.06
　　面；　公分. --（童盟國；3）
　ISBN　978-986-86815-9-0（平裝）

859.8　　　　　　　　　　　　　100003047

11466
台北市內湖區瑞光路 76 巷 65 號 1 樓

秀威資訊科技股份有限公司　　　收

BOD 數位出版事業部

···

（請沿線對折寄回，謝謝！）

姓　　名：＿＿＿＿＿＿＿＿＿＿＿＿　年齡：＿＿＿＿＿　性別：□女　□男

郵遞區號：□□□□□

地　　址：＿＿＿＿＿＿＿＿＿＿＿＿＿＿＿＿＿＿＿＿＿＿＿＿＿＿＿＿＿

聯絡電話：(日) ＿＿＿＿＿＿＿＿＿＿＿＿＿　(夜) ＿＿＿＿＿＿＿＿＿＿＿＿＿

E-mail：＿＿＿＿＿＿＿＿＿＿＿＿＿＿＿＿＿＿＿＿＿＿＿＿＿＿＿＿＿＿

讀 者 回 函 卡

感謝您購買本書，為提升服務品質，請填妥以下資料，將讀者回函卡直接寄回或傳真本公司，收到您的寶貴意見後，我們會收藏記錄及檢討，謝謝！

如您需要了解本公司最新出版書目、購書優惠或企劃活動，歡迎您上網查詢或下載相關資料：

http:// www.showwe.com.tw

您購買的書名：_____

出生日期：_____年_____月_____日

學歷：□高中 (含) 以下　　□大專　　□研究所 (含) 以上

職業：□製造業　□金融業　□資訊業　□軍警　□傳播業　□自由業　□服務業　□公務員　□教職
　　　□學生　　□家管　　□其它_____

購書地點：□網路書店　□實體書店　□書展　□郵購　□贈閱　□其他

您從何得知本書的消息？

　　□網路書店　□實體書店　□網路搜尋　□電子報　□書訊　□雜誌　□傳播媒體　□親友推薦

　　□網站推薦　□部落格　□其他_____

您對本書的評價：(請填代號　1.非常滿意　2.滿意　3.尚可　4.再改進)

　　封面設計_____　版面編排_____　內容　_____　文／譯筆_____　價格_____

讀完書後您覺得：

　　□很有收穫　□有收穫　□收穫不多　□沒收穫

對我們的建議：_____

_____

_____

_____